PEDRO

PEDRO Y SUS
INSECTOS

por Fran Manushkin

ilustrado por
Tammie Lyon

PICTURE WINDOW BOOKS
a capstone imprint

Publica la serie Pedro Picture Window Books,
una imprenta de Capstone,
1710 Roe Crest Drive
North Mankato, Minnesota 56003
www.mycapstone.com

Texto © 2018 Fran Manushkin
Ilustraciones © 2018 Picture Window Books

Los datos de CIP (Catalogación previa a la publicación, CIP) de la Biblioteca del Congreso se encuentran disponibles en el sitio web de la Biblioteca.

ISBN 978-1-5158-2509-8 (encuadernación para biblioteca)
ISBN 978-1-5158-2517-3 (de bolsillo)
ISBN 978-1-5158-2525-8 (libro electrónico)

Resumen: Pedro recoge un montón de insectos diferentes para una tarea de la escuela, pero cuando su hermano los deja sueltos en la casa, se queda sin insectos para hacer su tarea.

Diseñadoras: Aruna Rangarajan y Tracy McCabe

Elementos de diseño: Shutterstock

Fotografías gentileza de:
Greg Holch, pág. 26
Tammie Lyon, pág. 27

Impresión y encuadernación en los Estados Unidos de América.
010837S18

CONTENIDO

Capítulo 1
Loco por los insectos

—¿A quién le gustan

los insectos? —preguntó la

maestra. Winkle.

—¡A mí! —gritó Pedro—.

Me vuelven loco los insectos.

—A mí también —dijo
Katie Woo—. Me gustan los de
color verde llamados "cigarras
esperanza".

—¡Ja! —exclamó Pedro con
una sonrisa—.
¡Difíciles!

—Vamos a estudiar los insectos —dijo la maestra Winkle—. Después de clases, salgan a buscar algunos. Recojan uno que les guste y escriban sobre él.

—A mí me gustan las chinches apestosas —gritó Roddy—. Puedo traer una a la escuela. Sería divertido...

—Esa no es una buena idea —le advirtió la maestra.

Pedro se fue a su casa y
encontró su frasco de insectos.

Comenzó a buscar insectos
entre la hierba. Encontró diez
hormigas y las puso en el
frasco.

Le dijo a Juli:

—Las moscas también son divertidas, pero es más difícil atraparlas.

—No para mi gato —alardeó Juli.

—Las arañas son geniales —le dijo Pedro a su mamá—. Traeré algunas a casa.

—¡De ninguna manera! —le dijo su mamá—. Hormigas sí, ¡pero arañas no!

Pedro halló un campo que tenía un montón de catarinas. Se llevó quince a su casa. Peppy, su perrito, trató de comérselas.

—¡Ni se te ocurra! —gritó Pedro.

A Pedro también le encantaban los escarabajos.

—Son muy lustrosos —le explicó a Juli—. Y su nombre es una palabra divertida —agregó—. Escarabajo, escarabajo.

Recogió veinte.

MI FRASCO DE INSECTOS

Capítulo 2

Insectos en la cama, insectos en la cabeza

Pedro no dejaba de atrapar insectos. Cada día hallaba unos cuantos más.

Le dijo a su hermanito, Paco:

—Qué bueno que tengo un frasco grande.

Un día, cuando Pedro estaba en la escuela, Paco les dijo a los insectos:

—Quiero verlos correr por todos lados.

Y abrió el frasco y los dejó salir.

Había insectos sobre la

cama y sobre su cabeza.

—¡Genial! —dijo.

Cuando Pedro volvió a casa,

exclamó:

—Esto no es genial...

—¡Todos afuera! —dijo el papá de Pedro—. Estos insectos me están volviendo loco.

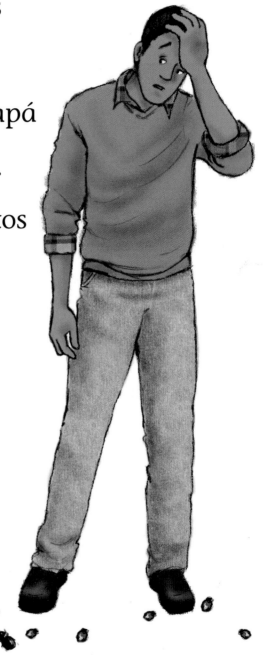

Capítulo 3

Vete de un salto

Al día siguiente, Pedro

le contó a Katie:

—No tengo insectos para

describir.

—Mejor te apuras y buscas

uno —le aconsejó su amiga—.

Vete de un salto.

—Me encanta saltar
—contestó él. Se fue saltando
por la acera a buscar un
nuevo insecto.

Vio una avispa.

—¡Ni loco! —exclamó.

Vio un saltamontes que
brincaba entre la maleza.

—Hagamos una carrera!
—gritó Pedro.

Después dio un salto. Y el saltamontes también.

—¡Es un empate! —dijo Juli—. Ambos ganan.

Pedro le dijo al saltamontes:

—Eres muy divertido.

Escribiré sobre ti.

Y Pedro escribió sobre

el saltamontes, y luego lo

soltó ir.

—Buen trabajo —le dijo la maestra Winkle—. Después de esto, escribiremos sobre tigres.

—¡Excelente! —exclamó Pedro sonriendo—. No veo la hora de llevar uno a casa.

Sobre la autora

Fran Manushkin es la autora de muchos libros de cuentos ilustrados populares, como *Happy in Our Skin*; *Baby, Come Out!*; *Latkes and Applesauce: A Hanukkah Story*; *The Tushy Book*; *The Belly Book*; y *Big Girl Panties*. Fran escribe en su amada computadora Mac en la ciudad de Nueva York, con la ayuda de sus dos gatos traviesos gatos, Chaim y Goldy.

Sobre la ilustradora

El amor de Tammie Lyon por el dibujo comenzó cuando ella era muy pequeña y se sentaba a la mesa de la cocina con su papá. Continuó cultivando su amor por el arte y con el tiempo asistió a la Escuela Columbus de Arte y Diseño, donde obtuvo  un título en Bellas Artes. Después de una breve carrera como bailarina profesional de ballet, decidió dedicarse por completo a la ilustración. Hoy vive con su esposo, Lee, en Cincinnati, Ohio. Sus perros, Gus y Dudley, le hacen compañía mientras trabaja en su estudio.

Conversemos

1. A Pedro le encantan todos los tipos de insectos. ¿Cuál es tu tipo favorito? ¿Por qué te gusta?

2. La maestra Winkle les dice a los niños que salgan y busquen insectos para describir. ¿Dónde los encuentra Pedro? ¿Adónde irías a buscar insectos?

3. A la mamá de Pedro no le gustan las arañas. ¿Cómo sabemos eso? ¿Qué insectos no te gustan a ti?

Redactemos

1. Pedro escribe sobre un saltamontes. Ahora tú escribe tres datos sobre tu insecto favorito. Si no se te ocurren, pide ayuda a un adulto para buscar información en un libro o en la computadora.

2. Haz un dibujo de tu insecto favorito. Luego escribe una historia breve sobre él.

3. Piensa en todos los tipos diferentes de insectos que Pedro atrapó en su frasco. Haz una lista. Luego escribe los nombres de otros tipos de insectos que se te ocurran.

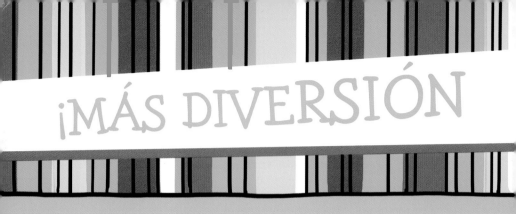

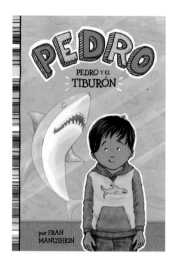

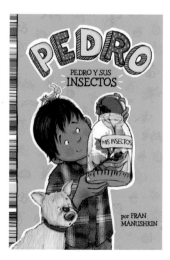

CON PEDRO!

AQUÍ NO TERMINA LA DIVERSIÓN...

Descubre más en www.capstonekids.com

- ✺ Videos y concursos
- ✺ Juegos y acertijos
- ✺ Amigos y favoritos
- ✺ Autores e ilustradores

Encuentra sitios web geniales y más libros como este en www.facthound.com. Solo tienes que ingresar el número de identificación del libro, 9781515825098, y ya estás en camino.